कानपूर का कालिया नाटक

उमैर एहरार

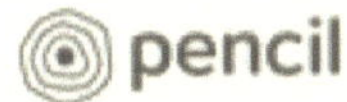

ISBN 978-93-5667-786-9

Published in India 2023 by Pencil

A brand of
One Point Six Technologies Pvt. Ltd.
Unit no. 26, Ground Floor, Building A1,
Wadala Truck Terminal Road,
Near Post Office, Antop Hill, Mumbai - 400037
E connect@thepencilapp.com
W www.thepencilapp.com

DISCLAIMER: *This is a work of fiction. Names, characters, places, events and incidents are the products of the author's*

Author biography

मेरा जन्म लखनऊ शहर में हुआ | शुरुवाती शिक्षा भी लखनऊ से ही हुई | खुद को भाग्यशाली कहूंगा क्यूंकि मैंने लखनऊ में न सिर्फ उर्दू अदब और तेहज़ीब से रूबरू हुआ बल्कि उसके साथ - साथ गंगा जमुनी तेहज़ीब से भी मिला | मैं जितना ही लखनऊ से आकर्षित था उतना ही ज्यादा मुझे कानपुर भी अपनी ओर खींचा करता था | वैसे तो कानपुर शहर अपने चमड़े के कारोबार को लेकर सारे विश्व में विख्यात है | पर मुझे अवधी भाषा और उसके बोले जाने का तरीका खास कर आम लोगो में खासा प्रभावित करता था | शुरुवाती शिक्षा के बाद मैं दिल्ली और फिर पांडिचेरी गया जहा मैंने अलग अलग भाषाओ में नाटक खेला उनका मंचन किआ और साथ ही साथ लेखन भी करता रहा। मेरे द्वारा लिखे गए नाटक कानपूर का कालिया लोगो खासा पहचान बनाने लगे और इसने मुझे प्रेरित किया की मैं इससे किताब के रूप में आप सबके समक्ष लेके आउ।

CONTENTS

•

E Mail id = uahrar@gmail.com

प्रस्तावना

मेरा जन्म लखनऊ शहर में हुआ | शुरुवाती शिक्षा भी लखनऊ से ही हुई | खुद को भाग्यशाली कहूंगा क्यूंकि मैंने लखनऊ में न सिर्फ उर्दू अदब और तेहज़ीब से रूबरू हुआ बल्कि उसके साथ - साथ गंगा जमुनी तेहज़ीब से भी मिला | मैं जितना ही लखनऊ से आकर्षित था उतना ही ज्यादा मुझे कानपुर भी अपनी ओर खींचा करता था | वैसे तो कानपुर शहर अपने चमड़े के कारोबार को लेकर सारे विश्व में विख्यात है | पर मुझे अवधी भाषा और उसके बोले जाने का तरीका खास कर आम लोगो में खासा प्रभावित करता था |नाटक कानपुर का कालिया लिखने के पीछे जो सबसे बड़ी वजह रही वो यही रही की कैसे कानपुर की आम भाषा को लोगो के बीच पहुंचाया जाए | हलाकि नाटक में कुछ शब्द ऐसे भी है , जो आम भाषा में इतना इस्तेमाल नहीं होते | पर वो खासा इस्तेमाल युवा जनो में जरूर होते है | कयोंकी नाटक की पटकथा में युवा हीरो है और युवाओ की प्रेम सम्बन्धी समस्याओ को दर्शाया गया है , इसलिए नाटक में ऐसे शब्दों का इस्तेमाल किया गया है

|वर्ष २०१५ था मैं उस वक़्त इंजीनियरिंग कॉलेज में पढाई कर रहा था | पढाई के दौरान कॉलेज में अकसर अशिकमिज़ाज़ किस्म के लड़को से बात चीत होती रहती थी और उनके प्रेम के किस्से भी सुनने का अवसर मिल जाया करता था | कभी - कभी ऐसी भी चीज़े सुनने में आ जाती थी, की किसी ने आत्महत्या कर ली कयोंकी उसकी प्रेमिका न उसे छोड़ दिया या कही और शादी कर ली | युवा जनो में बढ़ते इस निराशा से और उस निराशा से फँसी तक का सफर मुझे बहुत आहात करता था | हर रोज़ कही न कही किसी न किसी अख़बार के किसी न किसी प्रष्ट पर ये खबर जरूर मिल जाती थी की फ़लाह जगह पर फ़लाह वजह से फ़लाह शक़्स ने आत्महत्या कर ली |मुद्दा संवेदनशील था पर मन में प्रश्न ये था की इस मुद्दे को कुछ इस तरह से ददखाया जाये की जनता को बात समझ में भी आ जाए और मनोरजन भी होता रहे | बस उसी की तलाश में कानपुर के कालिया का निर्माण हुआ | नाटक लिखते समय कई तरह की चीज़ो का अध्यन करने का अवसर मिला साथ ही साथ कानपुर को और करीब से और बेहतर ढंग से जानने का अवसर प्राप्त हुआ |नाटक का निर्माण हुआ साल २०१९ उसके बाद नाटक को और बेहतर बनाने लिए मैंने एक सरकारी विश्वविद्यालय के जानकार व्यक्ति से संपर्क साधा जो की हिंदी विभाग में कार्यरत थे। बेहद ही शालीन स्वाभाव का व्यक्तितत्व रखने वाले डॉक्टर .

सी . जाया संकर बाबू ने नाटक की समीक्षा की और नाटक की श्रीतियो से अवगत कराया |जिसे दुरुस्त करने के बाद नाटक का मंचन सं २०१९ के सप्ताम्बर माह में हुआ | और जानकार प्रसनत्ता हुई की नाटक लोगो को काफी पसंद आया |

आभार

मैं नाटक के निर्माण में सहभागी रहे सभी लोगो को धन्यवाद देता हूँ | साथ ही साथ अपने परिवार, मित्रगण और प्रो जाया संकर बाबू जी का भी आभार व्यक्त करता हूँ।

पात्र

कालिया \ रीतेश

छोटू

चायवाला

लड़की \ दिशा

पांडेय

लड़की १

लड़की २

रतन

दृश्य - १

(मंच पर प्रकाश आता है। मंच पर धीरे - धीरे बढ़ते प्रकाश के साथ, शोर गुल भी बढ़ने लगता है। सारे पात्र अपने - अपने किरदार में कुछ ना कुछ बेचने और खरीदने के अभिनय में संलिप्त हो जाते है। हमेशा की तरह कानपुर मार्किट में लोगो की आवाजाही लगी हुई है | तभी मंच पर कालिया अपने २-४ साथियो के साथमटरगश्ती करते हुए आता है और चाय की दुकान पे संवाद करने लगते है)

कालिया = हा भाई राम भरोसे ,राम के भरोसे पे एक चाय बना मलाई मार के (दुसरे साथी से)अबे क्या बीडी पूरी फुक देग, बेहीन के ।

छोटू= भईया ,एक काम की बात तो बतानी भूल गए

कालिया = हा बोल !

छोटू = भईया ,वो याद है अपनी हेड मास्टरनी

कालिया = (कालिया अपनी धुन में बीडी फूंकता हुआ) हं.. हं..बोलता जा ..

छोटू = भईया , वो मुहल्ले के दूध वाले के साथ भाग गई ।

कालिया = (एकदम से सकपकाते हुए)अबे का बात कर रहे हो छोटे तुमका कौन बतईस बे ।

छोटू= (शरमाते हुए) भइया हेड मास्टरनी से जौऊन ट्यूशन पढ़े जात रही उसे हमार टंका भीड गवा रहीं , उही बतात रही ।

कालिया = तुम्हार टंका भीड गए रही ?

छोटू = (अपनी धुन में) अरे ! भईया बहुत लम्बी कहानी है आराम से सुनायेंगे ।

कालिया = आराम से का अपनी अम्मा की गोद में बैठ के सुनाओगे ।

छोटू= अरे !भइया का बताई।

कालिया - का बताई का बे , जल्दी बताओ , माथा मत चकराओ हमारा।

छोटू= (हिचकिचाते हुए) भईया बात ऐसी हूँ-ई-की , उ रोज़ शाम 5 बजे अपने छोटे भाई के साथ हेड मास्टरनी के यहाँ ट्यूशन पे जात रही और हम भी कम नहीं हम भी रोज़ वो के पीछे - पीछे ट्यूशन पर जात रहे ।

कालिया = (एकदम से) तुम कबसे पढने लगे बे ।

छोटू= अरे नहीं भईया ,अभी आप समझे नहीं ,अरे हम ट्यूशन गेट तक जात रहे ।

कालिया = अच्छा, फिर !!

छोटू= फिर का भईया ,एक दिन उ हमको पलट के देखिस और बस आँखे चार हुई गई ।

कालिया = आँख मिलाने से प्यार हुई जात है का ।

छोटू= कहे नहीं होत्त है ! हमका ता होई गवा न भइया

कालिया = अच्छा फिर आगे का भईस?

छोटू = आगे का होना भईया एक दिन हम पकडे उसके छोटे भाई को और चोकलेट दी बस उ बन गवा हमार दोस्त ,वो के ही हाथ से लिफाफा लिखवा भेजे | जिम लिखः था, I Lub you।

कालिया = हा... त फिर का हुआ

छोटू= होना का है भइया ,अगले ही दिन उ का छोटा भाई एगो और लिफाफा लाके दिहिस और उ लिफाफा में मालूम का लिखः रहा ।

कालिया = (कालिया एकदम बेचैनी के साथ) का लिखः रहा

छोटू = उ . लिफाफा में लिखा रहा (शरमाते हुए) I LUb you Too

कालिया = अच्छा फिर का भईल ।

छोटू= फिर का बताई भईया अब उ हमार दिल की रानी है और हम ओकर राजा ।

कालिया = आऊर उ हेड मास्टरनी का .. का हुआ ।

छोटू = अरे इ लो अपनी लव स्टोरी बताने के चक्कर में हम हेड मास्टरनी के बारे में बताना ही भूल गए ।(तभी चायवाला बीच में बोल पडता है)

चायवाला = अरे उ ..का बताई हम बतात है , भईया उ हेड मास्टरनी बहूूँता चालू चीज़ है या से पहले उ राजू धोबी है न उ का फसाये रही ,एक दिन छत पे बुलाई रही व को मिलने

खातर , इतने में बाप आई गवा उका और का जबन सुताई भई की ..का बताई..

कालिया = अब तुम्हार बकैती बंद हो गई हो तो चाय पीला दो और तुमका साला कितनी बार मना किया है की लौंडिया – फौन्डिया के चक्करमे मत पडो , पर तुमको साला समझ नहीं आता है |

छोटू = भईया आप पड़े नहीं हो ,इसलिए इतना ज्ञान पेल रहे हो अभी जब पडोगे तो उ के अलावा कौनो और भूजेगी नाही ।

कालिया = इ सब फालतू की बकैती हमसे नहीं कब्बु हुई और न ही कबो होगी ।

(एक पात्र का चिल्लाते हुए परवेश)भईया, भईया उ पण्डे रतन को घेर लिहिस

कालिया = साला पाण्डेय ...चलो बे ।

(कालिया और उसके साथी मंच से प्रस्थान करते है। धीरे धीरे मंच पर प्रकाश मध्यम होने लगता है और मार्किट का शोर बढ़ने लगता है)

दृश्य - २

(मंच पर प्रकाश आता है, पाण्डेय और कालिया एक दूसरे के सामने बैठे हुए है , और सारे लडके उनके पीछे है रतन सिसकिया ले रहा है , कालिया एकदम गुस्से से तमतमाते हुए)

कालिया – तुमको मना किये थे की दोबारा मत घुसना हमारे मामले में , कहे घुसे बे ।

पाण्डेय= हमारे मुहल्ले के लौंडयो को आके ताडेगा और हम छोड देंगे

कालिया = हा ताडेंगे बे ,तुम्हारे बाप का माल है का बे ..

पाण्डेय = तडोगे तो तुम्हारा आँखे निकाल के कंचा खेलेंगे

कालिया = साला तुम कंचा खेलोगे तो हम का देखते रहेंगे

पाण्डेय – तो और का कर सकत हो बे

कालिया = का कर सकत है , साले दो मिनट में कानपुर से गायब करवा देंगे ।

पाण्डेय = साले हम का एसिडिटी है जाऊं तुम एनो पेला के गायब करवा दोगे।

कालिया = देख पाण्डेय हम इहा लडाई –झगडा करने नहीं आये है ,पर तुमको हम आखरी बार समझा रहे है ,अब की बार कुछ भी किया .. हमारे किसी भी लौंडे को तो पक्का मार हो जायेगा और ताबड- तोड होगा

पाण्डेय= अबे जाबे इ धमकी - वाम्की कही और दे

कालिया = देखो आखरी बार बोल रहे है

पाण्डेय= नहीं तो का करेगा बे

(दोनों एक दुसरे का कालर पकडते है खीच्तानी होती है , मंच पर लाठी डंडे की आवाज़ के साथ प्रकाश मध्यम होता चला जाता है)

दृश्य- ३

(दोपहर का समय हमेशा की तरह कालिया राम भरोसे की चाय की दूकान पर बैठा बीडी के कश के साथ चाय की चुस्की ले रहा है और उसके साथी मौज मस्ती कर रहे है, की तभी छोटु बोल पडता है)

छोटू= भईया ,पता है अपना लल्लन बंबई चला गया |

कालिया = (चाय की चुस्की लेते हुए) बंबई का करने गया बे

छोटू = अरे भइया हीरो बदने और का ।

कालिया = हीरो ? का माता चढ़ गई रही का ।

छोटू = अरे नाही भईया ...उ का हूआ की ..(इतने में चायवाला बोल पडता है)

चायवाला = अरे हम बतात है ..का हू आ ..हू आ ये की एक उ अपने वकील साहब है न ,किशोर चंद्र त्रिपाठी ,उनकी एगो

लौंडडया है , रिंकी त्रिपाठी उनका रहा अपने लल्लन से चक्कर त उ एक दिन बोली की हमको अक्षय कुमार बहुत अच्छा लागत है ,और तुम तो कतई अक्षय कुमार जैसन हो ,बस फिर का था अगले दिन बईग उठाईस और चल दिहिस अक्षय कुमार बनने ।

कालिया = (एकदम से बीडी फेंकते हुए) अरे साला ,ये लौंडडयो का चक्कर ही ख़राब है कितनी बार मना किया है तुम हरम खोरो को की लौंडिया के चक्कर में मत पडो | पर साले कुछ समझे तब तो |(इतने में एक लडकी का प्रवेश होता है ,कुछ बडबडाते हुए मंच पर एक लडके के साथ आती है)

लडकी= ...क्या समझे ,तुमको मना ककया है न की हमारे पीछे मत पडो ,हमें ये सब बिलकुल भी पसंद नहीं (लडका कुछ बोलने का प्रयत्न करता है) कुछ नहीं सुनना हमें ,जाओ यहाँ से हमने बोला न जाओ .....

लडका = अरे हमारी बात तो समझो ।लडकी =हमें कुछ नहीं समझना ,हमने बोला नहीं ..मतलब.. नहीं

लडका = अरे तुम तो हमको बहुत पसंद करती हो

लडकी= हम नहीं करते ..(लडका कुछ बोलने का प्रयत्न करता

है की कालिया बोल पडता है)

कालिया = अरे क्या गंध मचा रखी है बे ,चल निकल इधर से ।

लडका = अरे भाई तुम कौन हो

कालिया = बताये तुमको हम कौन है ।(कुछ लडके पीछे से घेर लेते है लडका ख़ामोशी से चला जाता है)

लडकी= ओ ,हेल्लो ,तुमको किसने बोला था ,उसको भगाने के लिए , हूॅू आर यू?.........न जाने कहा से आ जाते है । हीरो बनने के लिए ..(लडकी बडबडाती हुई चली जाती है ,कालिया अवाक़ सा खडा देखता रहता तभी चायवाला पीछे से)

चायवाला = भइया , शर्मा जी की लौंडडया है इतनी आसानी से हाथ नहीं आने वाली , बहुत तेज़ है ।(कालिया कुछ नहीं बोल पाता है , बस उसको जाते हुए देखता रहता है ।)

छोटू = लगता है भइया का बल्ब फ्यूज हो गया है ।

(सभी हस्ते है। मंच पर हसी ठहाको के साथ प्रकाश मध्यम होने लगता है)

दृश्य - ४

(मंच पर प्रकाश आता है। प्रकाश के साथ ही मंच शोरगुल होने लगता है। चाय की दूकान पे कालिया अपने कुछ साथियो के साथ बैठा हुआ कुछ सोच रहा होता है की तभी छोटू बोल पडता है)

छोटू = का हुआ भईया ,का सोच रहे हो

कालिया = यार छोटू ....चल छोड़

छोटू = बताओ भैय्या का पता हम कुछ मदद कर सके।

कालिया = वो सब छोड तुमको कुछ सुनाते है।

छोटू = क्या बात है भइया ,फिर कुछ लिखे हो का

कालिया = अबे हाँ ,सुनोगे

छोटू = हा,हाँ , क्यों नहीं

कालिया = सोचता हूँ तुमसे इश्क़ करू ,

वैसे ही जैसे भीनी - भीनी बारिश में इन्दर धनुष करता है इश्क़ आस्मां से

वैसे ही जैसे खाली बोतल करती है इश्क़ हवा से वैसे ही तुमसे

करना चाहता हूँ मैं ,और डूब जाना चाहता हूँ एक ऐसे अँधेरे में ,

जहा पर हम दोनों को कोई और न देख सके ।।

जहा पर बस हमारा पागलपन हो और सदियों का सूनापन

जिसे भर दे तुम्हारी खिल खिलाती हंसी और करने लगे इश्क़ तुम्हरे बाल ,

तुम्हारी आँखों से जैसे तुमसे करता हूँ मैं

और तुम करती हो खामोशियो से ।

(कालिया बोलते - बोलते अपने ही शब्दों में खो जाता है ,की तभी छोटू बोल पडता है)

छोटू = वाह , भैया वाह .. का बात है ।

चायवाला = मज़ा आ गया भैया का लिखे हो।

छोटू = पर भैय्या हमको तो अभी - भी समझ नहीं आया की तुम ई लिखे कहे हो ।

कालिया = कहे लिखे है का मतलब बे ,अब का हर चीज़ का कारन दे तुमको ।

छोटू = अरे नहीं भैया, उ तो हम जानना चाह रहे थे की इतना बढ़िया कविता लिखने का स्रोत का है ?

(तभी चायवाला तपाक से बोल पडता है)चायवाला = मतलब सोर्स कालिया = अब सोर्स क्या बताये मन में आया तो लिख दिए ।

छोटू - आता तो हमरे मन में भी है पर हम तो नहीं लिख पाते ।

कालिया = है ..तो तुम नहीं लिख पात हो तो इम्मा हम का करी गंगा में डुबकी लगाई का ।

छोटू = अरे नहीं भैय्या ,पर हमको पता है आप ई कहे लिखे हो ।

कालिया = का पता है बे ।

छोटू = वही लडकी के बारे में ,वही जावून आप पे भौकाल झाड के गई रहीं |

(कालिया एकदम से सकपकाते हुए)कालिया = अबे का बात करते हो बे ....

(तभी लडकी का प्रवेश कुछ बोलते हुए ...)

लडकी= हम पहले ही बोले थे न की कपडा ठीक नहीं है ,पर तुम हमारी बात सुनती कहा हो , अब उतर गया न कलर अब झेलो खुद ही ।

लडकी 2= अरे अब हमको पता थोडे था की कलर उतर जायेगा ।

लडकी – हा तो जब हम बोले थे तो तुमको समझ नहीं आ रहा था क्या ?

लडकी 2 = अब इसमें समझने और न समझने वाली क्या बात है ?अब हो गया तो क्या करे?

लडकी= कुछ मत करो ,अब मम्मी की डांट सुनना और क्या करोगी ?

(कालिया कुछ बोलने की कोशीश करता है)

कालिया = सुनिये ..लडकी = हा! बोलिए ..

कालिया = वो उस दिन के लिए हम आप से माफ़ी मागने आये थे ,वो हमें ऐसे बात नहीं करनी चाहिए थी आप के दोस्त से हम पहले सोचे की आपके दोस्त से भी माफ़ी मांग ले पर फिर सोचा की पहले आपसे मांग लेते है।

लडकी= किस दिन के लिए ?कालिया = अरे वो उस दिन के लिए ,वो लडका ....

(लडकी बात कटते हुए)

लडकी = वो अच्छा....अच्छा....... अरे कोई बात नहीं है ,वो हमारा दोस्त नहीं है ,हम तो उसे जानते भी नहीं ,एक दो बार हाय –हेल्लो बोल दिया बस फिर पीछे ही पड गया |

वो तो अच्छा हुआ की आप जैसे इंसान इस दुनिया में है जो औरत की तकलीफ देखकर उसकी मदद को दौड आते है | थैंक यू वैरी मच ,बाय द वे हमारा नाम दिशा है और आपका

(चायवाला तपाक से बोल पडता है)

चायवाला = कालिया

लडकी = कालिया ये कैसा नाम है ?

कालिया – वो बचपन में हमारी अम्मा हमको काजल बहुत लगाती थी ,बस तभी से हमारा नामकरण कालिया हो गया ...वैसे हमारा नाम रीतेश है |

लडकी== (हस्ते हुए) अच्छा..अच्छा ,,काफी अच्छा नामकरण किया है आपका ।

कालिया – जी ...लडकी = अच्छा अब हम चलते है देर हो रही है ।

कालिया = अरे चाय वाए पी लेती ....

लडकी= नहीं आज नहीं फिर कभी ,बाय ।

कालिया = बाय

(लडकी जाती है ,कालिया एक टक उसको देखता रहता है , प्रकाश माध्यम होता है)

दृश्य - ५

(रात का समय छोटू और कालिया घाट पे एक साथ बैठे हुए है छोटू के हाथ में बोतल है ..)

कालिया = यार छोटू ,मै सोचता था की ,ये प्यार ,मोहब्बत का SCENE ही गडबड है | मगर आज देखा मैंने ,बात की क्या मुस्कुराई थी ,और बाल भी क्या कमाल के थे ...

छोटू = समझ गया ।

कालिया = क्या समझ गया बे ?

छोटू= एही की आप प्यार में पड गए हो उस लौंडिया के ।

कालिया – अबे लौंडिया मत बोल हरामखोर वो भाभी है तुम्हारी ,साले औरत की इज्ज़त नहीं करना जानते ।

अरे कभी कभी तो मुझे लगता है की वो मेरे सामने आकर खडी हो गई और मैं बस उसे देख रहा हूँ ... और देख रहा हूँ

(कालिया बडबडाने लगता है)

छोटू = अरे भईया का होई गवा कछु बोलो तो सही सारी उतार दी तुमने हमार ।

कालिया = अरे उतर तो हमारी गई है ,उसको देख के ,रुको तुमको कुछ सुनात है ।

पेड के टूटते पत्ते भी जमीन पर आकर रुकते है ,

और फिर उड़ जाते है वो हवा के साथ किसी

ऐसी जगह जहा होता है सुकून और सुकून के पल में वो याद करता है पेड को और पेड से लगी टहनी को

और ढेर सारी बातें जो बाधती थी टहनी को पेड से और पेड को पत्तो से

जैसे तुम बधती हो मुझ को मेरी मुस्कुराहटो को मेरी बातो को एक डोर से

और जाना चाहती हो कही दूर उस डोर के साथ जहा पर हो सुकून और सिर्फ हम दोनों ।

छोटू = वाह भईया शेरो शायरी भी शुरू हो गई । मतलब मामला सीरियस हो चला है ।

कालिया = अब तो हमारी आँख से नींद भी गायब हो गई है।

छोटू = भईया ,आप कहे तो बात चलायें ।

कालिया =तुम का बात करोगे बे , हम खुद ही बात कर लेंगे ।

छोटू-= बात कर सकत है ?

कालिया = हा ! तो नहीं कर सकत है का ?

छोटू= व.. के सामने तो आपकी बोलती बंद होई जात है ।

कालिया = हा यार ,पता नहीं का हो जात है ,बस मुह से आवाज़ नहीं निकलत है , आँखे चौंदिया जात है , दिल और दिमाग की तो मनो हवा टाइट होई जात है । देखते ही

देखते पूरा शारीर ठंढा हुई जात है । खोपडिया में साला कुछ आता ही नहीं है ।

छोटू= भईया तुम मनो चाहे मत मनो तुम्हारा गेम ओवर होई गवा ।

कालिया = अबे का बोल रहे हो बे ।

छोटू = हा, भईया जब हमार वाली से प्रेम रहा तब हमार भी ऐसे ही हाल रहा ।

कालिया - हाँ यार साला सब कुछ बदल जात है अब हमार कहीं और मन नाही लागत है ।

छोटू - भैय्या , हम आपको एक बात बोले ।

कालिया - हाूँ बोलो ....

छोटू - भैय्या वो झाड फूंक वाले बाबा है न..

कालिया - कौन बे ?

छोटू - अरे! वही बाबा चंडी दास , जाऊं प्रेम संबधो का इलाज़ मात्र २४ घंटा में करके देत है ।

कालिया - हाूँ ! ...तो

छोटू - भैया व के ही पास चलते है ।

कालिया - कहे बे ?

छोटू - अरे , भैय्या दुइ मिनट में लौंडिया पटा देगा ,एक मंत्रा फुकेगा और लौंडिया छटपटाहट तुम्हरे पैरो में ।

कालिया - अबे पागल हुई गए हो का।

छोटू - भइया तुम्हार ऐसी हालत हमसे देखी नहीं जात है ।

कालिया - कछु नहीं हुआ हमें, हम ठीक है ।

छोटू - भैया , पहली तुम कितनी ज्ञानवधिक और उच्च विचरण की बात करत रहो , तुमको सुनते थे तो लगता था कलिया भैया एक दिन बहुत आगे जायेंगे ।

कालिया - और अब ?

छोटू - अब तो लगता है बाबा चंडीदास के आगे बढ़ जाये वही बहुत है ।

कालिया - (कुछ सोचकर) यार छोटू हमार ज़िन्दगी में आज तक कभी कोई लडकी नहीं आई ।

छोटू - का बात करते हो भाइये उ जाऊं पेपर लीक करवा के 500 रुपया में खरीदे रही । उ तो पागल थी प्यार में , आप ही घास नहीं डाले और उ जाऊं तिराहे पे खडी हो के

आपका इंतज़ार करत रहीं ताकी आप उनका लिफ्ट दे , उन का भी आप घास नहीं डाले ....कितना लडकी आई आप छोड दिए और कह रहे है की लडकी नहीं आई ।

कालिया - यार छोटू उन सब लडकी को देख के हमको फील ... नहीं आता था ।

छोटू - और ई लडकी को देख के ?

कालिया - बस सांस थम जात है ।

छोटू - भईया व से भी ज्यादा खूसबूरत व की दोस्त है बोलो तो टांका भिड़ा दे।

कालिया = नहीं यार छोटू वो बिलकुल अलग है ,एकदम अलग ,सबसे अलग ....

(धीरे- धीरे प्रकाश मध्यम होने लगता है, कालिया कुछ सोच रहा है , छोटु दारू पीने लगता है और दृश्य अंधकार मय हो जाता है)

दृश्य- ६

(कालिया चाय की दूकान पे बैठा हुआ कुछ सोच रहा होता है की इतने में लडकी गुनगुनाती हुई आती है)

लडकी =हए ,

कालिया – हेल्लो

लडकी= कल के लिए सॉरी वो थोडा जल्दी में थे तो आप से बात नहीं कर पाए ।

कालिया = अरे कोई बात नहीं ।लडकी = वैसे आप करते क्या है ?

कालिया = हम कानपुर यूनिवर्सिटी में बी.कॉम के स्टूडेंट है।

(चायवाला बोल पडता है)

चायवाला = और छत्रसंघ के अध्यक्ष भी है ।

छोटू = और भैया कवीता भी लिखते है

लडकी= अरे वाह ! तब तो आप बहुत पहुंचे हुए मालूम होते है ,कभी हमें भी सुनाए कविता अपनी ।

कालिया = अरे नही।

लडकी -अरे नहीं क्या... अब सुनाइए हम भी आप को सुनना चाहते है ।(

कालिया शरमाते हुए)

कालिया - ठीक है ,

मेरे शब्द की सुराही से तुमने सारे शब्द चुरा कर गीत बना लिए

और उन गीतों को गुनगुनाती हो|

जब तुम तनहा होती हो ।

तुम्हरा होना मेरे लिए शायरी के जैसा है ,

और नहीं होना कविताओं के जैसा ।

वो कविताये जिसमे मैं पिरोता हूँ अपने शब्द और परोसता हूँ उनको जो समझते नहीं ।

हाँ ! पर तालियो जरूर बजाते है

उन तालियों की गडगडाहट में मैं तुम्हे याद करता हूँ

और तुम मेरे गीतों को ।

(चायवाला और छोटू दोनों ताली बजाने लगते है , तभी लडकी बोल पडती है)

लडकी - अरे वाह आपने तो सच में बहुत अच्छा लिखा है।

कालिया - जी बस थोडा बहुत लिख लेते है।

लडकी= अरे वाह ! तब तो आप बहुत पहुंचे हुए मालूम होते है

कालिया = अरे नहीं ।

लडकी= आप में यही तो अच्छी बात है ,की आप शो ऑफ नहीं करते है ,आप सच में बहुत अच्छे इंसान है ।

कालिया = (शरमाते हुए) आप भी बहुत अच्छी है ।

लडकी= अच्छा जी, आप को हममे क्या अच्छा लगता है ।

कालिया = (कालिया लड़की को नीचे से ऊपर तक देखता है) सब कुछ ।

लडकी = सब कुछ मतलब ।

कालिया = अरे, हमारा मतलब आपकी बातें ।

लडकी = हमने तो आपसे अभी जादा बातें भी नहीं की ।

कालिया = बात नहीं की तो क्या हुआ ,धीरे-धीरे जब आप हमारी दोस्त बन जाएँगी तो खुद ही बात करने लगेंगी ।

लडकी =(हस्ते हुए) अच्छा जी ....वैसे दोस्त तो हम आपके बन ही चुके है ,पर बात आज नहीं फिर कभी करेंगे ,अभी हमें जाना है ।

कालिया = कहा ?

लडकी= घर में कुछ मेहमान आये है तो सोचा उनके लिए कुछ समान ले लू इसलिए वही लेने बहार आई थी ।

कालिया – फिर कब मिलेंगी हमसे ।

लडकी = बहुत जल्दी ,बाय ।

कालिया – बहुत जल्दी मतलब ।

लडकी – मतलब कल (हस्ते हुए) बाय ।

कालिया – बाय(लडकी चली जाती है ,

कालिया उसको जाते हुए देखता रहता है ,तभी पीछे से छोटू ....)

छोटू = अरे का बात है ,भईया मान गये आखिर पटा ही लिए ।

चायवाला = हमको तो पहले ही पता था ,इ लडकी आप को बहुत पहले से देख रही थी .उ तो हम जरा शंका में थे की बोले की न बोले ।

छोटू= अरे तुम बोलो चाहे मत बोलो ,उ जरुर बोलेगी एक दिन भईया को इ – लब- यू ।

(सब हस्ते है कालिया कुछ नहीं कहता है ,बस मुस्कुराता रहता है । दृश्य अंधकारमय हो जाता है)

दृश्य - ७

(माध्यम गति से प्रकाश आता है , कालिया बैठा हुआ कुछ लिख रहा है ,इतने में लडकी गुन गुनती हुई आती है)

लडकी - सॉरी थोडा लेट हो गया वो जरा काम में फसे थे तो ।

कालिया - कोई बात नहीं ।

लडकी - और बताये कवी जी कुछ नया लिखा आपने ।

कालिया - आप मोहल्ले में नयी आई है क्या ? इससे पहले तो हमने आपको नहीं देखा कभी ।

लडकी - नयी ही समझ लीजिए ।

कालिया - मतलब ?

लडकी - मतलब ये की हम बरेली में अपनी मौसी के घर पे पढ़ाई कर रहे थे फिर पापा को लगा की बेटी बडी हो गई है

,अब शादी भी करनी है तो बुला लेते है ।

कालिया - (आश्चर्यचकित) शादी कहे ?

लडकी - काहे का ? एक दिन तो हर लडकी को शादी करनी होती है हमें भी करनी पडेगी ।

कालिया - (कालिया शरारत के अंदाज़ में) और शादी करके ,क्या करोगी ?

लडकी - अपने हस्बैंड का ख्याल रखेंगे और क्या ?

कालिया - अच्छा , कब करोगी शादी ?

लडकी - जैसे ही कोई अच्छा लडका भमल जाएगा ।

कालिया -(शरमाते हुए) हम अच्छे नहीं है क्या ?

लडकी - हम तो अभी आपको जानते भी नहीं ।

कालिया - दस दिन तो हो गए ,मिले हुए और कितने दिन में जानना है ।

लडकी - दस दिन में तो हम आपके दोस्त बन ही गए ।बाकी देखते है ।

कालिया - अच्छा, वैसे कैसा लडका पसंद है आपको ?

लडकी - दिल का अच्छा होना चाहिए बस , बाकी शादी तो हम अपनी मर्ज़ी से करेंगे ।

कालिया - ये अच्छी बात कही आपने , शादी - ब्याह हमेशा अपनी मर्ज़ी से ही होनी चाहिए । रोज़ का खेल तो है नहीं ज़िन्दगी में एक बार करनी है

तो ख़ुशी से अपनी मर्ज़ी से करते है ।

लडकी - हाँ बिलकुल ....लीजिए इधर - उधर की बात में आप कुछ भूल गए ।

कालिया - क्या भूल गये ?

लडकी - आप खुद ही सोचिये ....आप शायद कुछ सुनाने वाले थे।.

कालिया - फिर कभी

लडकी - फिर कभी नहीं अभी सुनाइए।

कालिया - कुछ सोचते हुए ,तुम्हरा मिलना एक क्रांति जैसा है

वैसे ही जैसे चील - चील चिलाती गर्मी में

विद्रोह करती बारिश।

वैसे ही जैसी भूखे बच्चे को मिलती हो दो वक़्त की रोटी

मैंने कई बार तुमसे इज़हार किया की तुम मेरे लिए क्या हो

कई बार तुम्हे बताया है फैज़ की शायरी में

और मंटो के विद्रोही लेख में

हर बार तुम्हे पिरोया है एक ऐसे सांचे मेंजो तुम्हे मेरे लिए बना देता है खुबसुरत ।।

तुम्हरा मिलना मेरे लिए एक ऐसे बच्चे का जवाब है जिसने सवाल समझा ही नहीं

तुम्हारा मिलना ऐसा है जैसे अँधेरे का विरोध करती चांदनी

और रात में ढूंढता तुमको मैं जैसे तुम ढूंढती हो ख़ामोशी को

औरसमेट लेती हो वो खुशिया जो कभी तुम्हारी थी ही नहीं

और मेरी अधूरी कविता पर बस दे देती हो एक मुस्कान

जो कर देती है मेरे हर अलफ़ाज़ को पूरा ...

(पांडेय का प्रवेश _)

पांडेय - वाह , भाई ,वाह ,मोहब्बत के पचे बाँट रहे है और हम है की बडे मंगल का भंडारा खा रहे है ।

कालिया - अरे ! पांडेय कैसे हो ?

पांडेय - तुमको कब से हमारी फ़िक्र होनी लगी बे ?

कालिया - ये लो तुम्हारी फ़िक्र होगी तो किसकी होगी मित्र हो तुम हमारे ।

पांडेय - अबे का भांग खा के आये हो का हम कब से तुमहरे मित्र हो गए बे ?

कालिया - बचपन से हो ....भाई

पांडेय - अच्छा! बचपन से है तब ही तुम जान से मरने की धमकी देत रो ।

कालिया - अरे ! वो तो बस ऐसे ही हंसी मज़ाक चलता है ।

पांडेय - अच्छा ..मज़ाक - मज़ाक में तुम हमको जान से मर

दोगे ये कैसा मज़ाक हुआ बे ?

कालिया - अरे मज़ाक भी नहीं कर सख्त है का... तुमसे अब

पांडेय - चलो वो तो बाद में देख लेंगे अभी चलते है

(पांडेय प्रस्थान करता है)

लडकी - ये बहुत बद्तमीज़ आदमी है हमारे मोहल्ले में हर दूसरी लडकी को छेडता है

कालिया - अरे , छोडो न वो सब ये बताओ हमारी कविता कैसी लगी ?

लडकी – बहुत.... प्यारी थीकालिया - थैंक यू

लडकी - अच्छा , अब हम चलते है

कालिया - इतनी जल्दी क्यों

लडकी - इतने जल्दी कहा व पिछले तीन घंटे से आपको सुन रहे है ।

कालिया - मतलब ! हमने आपको बोर कर दिया ।

लडकी - नहीं बाबा हम आपसे कल मिलेंगे सेम टाइम पे

कालिया - (बुझे मन से) ठीक है । बाय

लडकी - बाय ।

(लडकी प्रस्थान करती है कालिया उसको जाते हुए देखता है और दृश्य अंधकारमय हो जाता हैं)

दृश्य - ८

(प्रकाश मध्यम गती से आता है , लडकी / दिशा बैठी हुई कुछ सोच रही है । तभी उसकी दोनों सहेलिया आ जाती है)

लडकी 1- क्या कर रही हो?

लडकी - कुछ नहीं ।

लडकी २- ऐसा तो हो नहीं सकता की कुछ न करो ,.....तुम शायद कुछ सोच रही थी ।

लडकी - (घबराते हुए) नहीं तो ।

लडकी २ - ऐसा कैसे हो सकता है कुछ सोच भी नहीं रही और इतनी गुमसुम हो ।

लडकी 1= जरूर कुछ बात है ।

लडकी =अरे, ऐसी कोई बात नहीं है ।

लडकी २= कही तुम उस लडके के बारे में तो नहीं सोच रही थी ।..

लडकी - कौन लडका ?.

लडकी २= अरे वही लडका ... तुम्हारा कालिया ।

लडकी = नहीं तो .....और वो हमारा कुछ नहीं है ।

लडकी १= ठीक , है फिर हम तरय मार लेते है ।

लडकी = ऐसे कैसे तरय मार लोगी दोस्त हमारा है या तुम्हारा ।

लडकी २= अच्छा जी , वो आपके दोस्त बन गए और हमें आपने बताया भी नहीं ।

लडकी = अब इसमें क्या बताना तुम्हारा दोस्त नहीं है क्या ?

लडकी २= है पर हमारा वो वाला दोस्त नहीं है ...और हम हर बात बता देते है ...

लडकी - हमने भी शायद बताया होगा तुमको याद नहीं होगा ।

लडकी १= ये सब छोडो ये बताओ की सोच क्या रही थी ?

लडकी = अब कैसे बताये, हमे कालिया अच्छा लगने लगा है .. उसकी बातें हमे हसाती है और उसके साथ रहना अच्छा लगता है ।

लडकी २ = तो ये बात उससे क्यों नहीं बोल देती हो ।

लडकी= बोल तो दे पर अभी सोच रहे है उसको थोडा सा और टाइम दे ।

लडकी १ - और टाइम मतलब ?

लडकी = हमारा मतलब अभी हम उसको जान तो ले ।

लडकी २ = हा , ये तो जरुरी है , नहीं तो फिर कही तेरे साथ भी वो वाला कांड हो गया तो बस गई सारी इज़्ज़त ।

लडकी = वो वाला कांड मतलब ?

लडकी २ = मतलब वो याद है तुझे जो हमारे साथ ट्यूशन जाती थी सुलोचना ।

लडकी = हा ...

लडकी २- अरे वो भी लडके के चक्कर में पड गई लडका उसको लेके पूना भाग गया ।

लडकी = फिर क्या हुआ ?

लडकी २= फिर क्या होना । वहा जाके लडका बदल गया उसको छोड के किसी और के साथ रहने लगा और उसको घर से निकल दिए

अब बेचारी कहा है पता नहीं ।

लडकी = नहीं , लेकिन कालिया जी ऐसे इंसान नहीं है ।

लडकी १ = ऊपरवाला करे ऐसा हो भी न ।

लडकी २= आज तक उसने तुमको कभी कोई गिफ्ट दिया है ।

लडकी = नहीं, क्यों?

लडकी १ = लो कर लो बात बिना गिफ्ट का कैसा प्यार जब तक गिफ्ट न दे दूर रखना उसको अपने से ।

लडकी २ = तू भी अजीब बात करती है यार अब ये प्यार मोहब्बत में गिफ्ट बीच में कहा से आ गया ।

लडकी १= बिना गिफ्ट के प्यार कैसा ?

लडकी २ = अच्छा मतलब जो गिफ्ट न दे वो प्यार नहीं करता

।

लडकी = अब तुम दोनों बहस बंद करोगी और हमारी परेशानी का हल निकालो की, हम अब क्या करे ?

लडकी १ = करना क्या है सीधा दिल की बात बोल दो जो होगा देख लेंगे ।

लडकी २ = क्या देखे लेंगे ,बोल तो ऐसे रही है जैसे झाँसी की रानी हो ।देख मैं तुझे बोल देती हो अभी तू थोडा टाइम दे पहले परख ले की सोना

खरा है या खोटा ।।

लडकी = हम भी यही सोच रहे थे

लडकी १ = कल तुम जाओगी उससे मिलने

लडकी = कल कोई आने वाला है घर पे तो हम सोच रहे थे की कल उससे मिलने नहीं जाये ।

लडकी २ = हा ये भी ठीक है , चल चलते है नहीं तो लेक्चर छूट जायेगा ।

(लड़कियाॅ प्रस्थान करती है दृश्य अंधकारमय हो जाता है)

दृश्य- - ९

(मध्यम गति से प्रकाश आता है , कालिया चायवाले की दुकान पे मायूस बैठा है चायवाला अपने में कुछ गुनगुना रहा है की इतने में उसकी नज़र कालिया की तरफ पडती है ।)

चायवाला = का हुआ भईया काहे इतना उदास हो।

कालिया = तीन हफ्ता हो गया राम भरोसे पर उ लडकी हमसे वापस मिलने कहे नहीं आई ।

चायवाला = अरे ,होई सकत है कौनो काम में फासी होई।आ जाई फ़िक्र मत करो ,इ लो चाय पीयो ।

कालिया = लगत है ,हामी से कौनो गलती हो गई तब ही तो नहीं आई . हम भी तो उलटी खोपडी के है

इधर -उधर लडते – भिड़ते फिरते रहते है ,पता चल गवा होई बस काट लिस कांनी हमसे ।

चायवाला = अरे ! नहीं भईया ऐसन मत सोचो देर सबेर उ आ जाई ।

कालिया = हम कछु गलत बात बोल दिए का ।

चायवाला = अरे नहीं ,भईया ..छोटू को भेजा है न उ पता लगा के आ जाई फ़िक्र मत करो सब ठीक हो जाई ।

(इतने में छोटू चिल्लाते हुए प्रवेश करता है)

छोटू = भइया गडबड होई गई ।

कालिया = का गडबड होई गई ?छोटू = भईया का बताई ।

कालिया – अरे बताओ न , का खबर है ? कैसी है ? ऊं हमसे आज मिलने आएगी या नहीं ?

छोटू = भईया वो ....कालिया – हा, क्या ?

छोटू = भईया उको बाप उकी शादी दिल्ली में कर दिहिस और अब उ दिल्ली में है ।

कालिया = (उदास हो जाता है) का दिल्ली में कर दिहिस , मतलब अब उ हमके छोड के चली गई ..ऐसा कैइसे हो सकत है ।

(अपने आप में बड़बड़ाता रहता है धीरे –धीरे प्रकाश मध्यम होता है)

दृश्य - १०

(धीरे- धीरे प्रकाश आता है , कालिया हाथ में दारू की बोत्तल लिए , अपने में कुछ बोल रहा है)

देखो जरा चाँद सितारे इनमे कितनी दुरी है एक चमकता है साला झुण्ड में और दूसरा कितना अकेला है ।

वो जो अकेला है वो मैं हूूँ .. मै चाँद हूूँ ..जो चमक रहा है अँधेरे में ,लेकिन रहता है अकेले में बिलकुल मेरी तरह एकदम तनहा और लाचार

(कालिया गिरने लगता है ...इतने में छोटू का प्रवेश)

छोटू – अरे भईया का कर रहे हो चलो घर ।

कालिया = छोड दे यार छोटू , सब ख़तम हो गया ।

छोटू= अरे , कछु ख़त्म नहीं हुआ भईया।

कालिया – नहीं छोटू अब हमको जीना ही नहीं है ।

छोटू= अरे भईया , काहे फ़िक्र करत हो सब ठीक होई जाई ।

कालिया = अब का ठीक होगा ,हमारा तो सब कुछ चला गया ।

छोटू= अरे, कछु न गया भईया

(छोटू ढाढस बंधाता हुआ कालिया को अपने साथ लिए चला जाता है। धीरे- धीरे प्रकाश मध्यम होने लगता है)

दृश्य - ११

(मंच पर धीरे- धीरे प्रकाश आता है और प्रकाश के साथ ही शोरगुल की आवाज़ तेज़ होने लगती है .. कालिया और पांडेय एक दूसरे का कॉलर पकडे हुए है)

कालिया = अबे पाण्डेय साले ....मना किये था न की पंगा मत करो हमारी गली में।

साले तुमको समझ नहीं आता है का बे तुम साले लतन के भूत हो बातन से न समझोगे।

पाण्डेय= देख कालिया कालर छोड

कालिया = नहीं छोडेंगे बे का कर लोगे।

(धीरे – धीरे दोनों की चीख मंच पैर बढती चली जाती है और चायवाले का प्रवेश होता है)

चायवाला = अरे आपको क्या लगा ,कालिया लडकी के लिए

जान दे देगा ,या शराब के नशे में जीवन बर्बाद कर लेगा

अरे नहीं ऐसा कुछ भी नहीं होने वाला ।कालिया भईया इतने कमज़ोर नहीं है जो जान दे दे । आप लोग भी कभी ऐसा मत करियेगा अगर प्रेम है

तो उसको पवित्र रहने दीजिए ये शराब - वराब पी के मजनू की तरह भटकना सही नहीं है |

अपना नहीं तो अपने माँ बाप का एक बार जरुर ख्याल करियेगा जीने की उम्मीद फिर से जाग जाएगी |

(चायवाला पाण्डेय और कालिया की लडाई में वापस चला

जाता है और उन्हें शांत करने की कोशिश करता है प्रकाश धीरे –धीरे माध्यम होने लगता है)

नाटक समाप्त ....

नाटक के पहले मंचन की कुछ तस्वीरें

प्रत्युषा और अक्षया (नाटक का एक दृश्य)

श्वेता , प्रत्युषा और संजीत (मंच पर)....

हिमांशु, नितिन , जज़ी , ज आर सी , टाइगर और संजीत (मंच पर)

(राइट से लेफ्ट की तरफ मंच पर) संजीत , टाइगर , सालेह , अक्षया , ज आर सी और प्रत्युषा

नाटक के निर्देशक और लेखक उमैर एहरार

कलाकार जिहोने पहले मंचन में हिस्सा लिया

कालिया = संजीत

पांडेय = हिमांशु कुमार

लड़की /दिशा = श्वेता

छोटू = टाइगर

चायवाला = सूरज

लड़का = सालेह

लड़की १ = अक्षया

लड़की २ = प्रत्युषा

अन्य पात्र - ज आर सी

नितिन

जज़ी

www.ingramcontent.com/pod-product-compliance
Lightning Source LLC
LaVergne TN
LVHW090138160826
845673LV00017B/2511